KB133647

최재환 시집

이승에서
못다 부른
노래

문학사계

〈서문〉

후회를 위한 변명

흔히 꿈이 많은 사람이라야 미래가 밝다고들 한다. 꿈이 인류의 삶에 어떤 영향을 주는지는 모르지만 필자의 경우 평소에 잠이 많지 않은 체질이라 은근히 걱정이 되는 것도 사실이다.

꿈에 대한 어의는 여러 가지 해석이 있겠지만 여기서의 꿈이란 잠을 자면서 생시와 비슷한 경험을 하게 되는 어떤 현상을 뜻하는 것(dream)이 아니라 평소 자신이 마음 깊이 간직하고 있던 기대나 바램 또는 이상을 가리키는 말이 옳을 게다.

그렇다면 긴장된 나의 꿈은 무엇일까. 2020년 투병 중 시집을 낸 후 발표했던 84편의 분신들을 점호 취하듯 다시 불러들였다. 제각기 흩어져 태깔, 성깔대로 강호를 비집다 오랜만에 자리를 함께했으니 이름이라도 붙여 줘야지

『이승에서 못다 부른 노래!』

언짢지만 늦가을 석양에 앉아 아쉬움을 달래며 꼭 불러야 할 노래! 이승기행이 끝나기 전 지친 발걸음을 되돌아 보는 시간이다.

열이면 열 자식 모두 효도하던가. 작품마다 모두 주인의 마음을 채워 주는 건 아니지만 미우나 고우나 한 때 혀끝을 간질이며 긴장을 감추지 못하던 정을 거절치 못해 다시 호명하는

것이다.

연말이면 자신과의 약속을 지키지 못한 아쉬움을 자책하는 이들을 가끔 본다. 어수선한 분위기를 틈타 저무는 한 해를 후회로 보상하려는 듯 술잔만 계속 비우며 자신을 변명한다. 후회는 아무리 빨라도 이미 늦다지만 바로 지금이 가장 적기인 것처럼 기회를 놓치지 않으려 서두는 모습들이다.

같은 조건이면 한 번으로 족할 후회를 해마다 되풀이하는 것은 아닌지 냉정하게 따져보는 일도 삶의 지혜이리라. 하던 일이 만족치 못하면 변명이나 후회로 자신의 허물을 감추기 위해 전전긍긍하는 현실이라 나 또한 부끄럼이 앞선다

작품집을 엮을 때마다 점점 초조하고 조급해지는 건 어인 까닭인가. 우주 만물의 숨 쉬는 소리 한 자락 놓치지 않으려 열심히 살아왔다고 자부하지만 미련만 고스란히 구석에 쌓아 둔 채 또 이 자리에 서니 낯간지럽다.

사람은 누구나 삶의 흔적을 남기고 싶어 한다. 글을 쓰는 사람이면 너나없이 평생 실한 글 한 줄 남기고 싶으리라. 운율을 헤아리는 사람이라면 보다 더 조급해 할 것이다.

시를 쓰겠다고 소매 걷어붙이고 덤빈 지도 꽤 많은 세월이 흘렀다. 그러나 젊은 시절 마음속으로 그리던 시인상은 아직까지 머릿속을 맴돌 뿐이다.

미당 목월, 구용 등 새벽 별보다 밝은 스승들의 그림자를 쫓기에 바빴지만 우둔한 발걸음은 언제나 뒷자리였다. 결국 시

인을 동경하며 꿈을 키우느라 시간만 축냈을 뿐 별다른 소득이 없었으니 이걸 도로아미타불이라 하던가.

나의 시인수업은 어디까지 왔을까. 『한 편의 시로 남고 싶다』는 소박한 꿈은 후회만도 못한 한낱 다짐으로 끝나버릴 것인지 자신에 대한 의구심만 깊어지고 있다. 적지 않은 분량의 넋두리를 묶어 삶의 상처를 감싸보았지만 이 일도 후회로 지치고 말 것인가. 삶에 대한 조바심도 숨길 수 없는 게 사실이다.

수술 뒤 새 삶을 다독인지 벌써 8년째다. 이쯤이면 영육간의 상처들도 웬만히 치유되었음직한데 항상 제 자리만 맴돌고 있는 느낌이다.

어떻게 사는 것이 가장 현명한 삶인지 잡힐 듯 잡힐 듯 어른거리지만 실체가 쉽게 드러나지 않는 것도 생각이 짧은 탓이리라. 어차피 덤으로 사는 세월 헛되지 않도록 손톱 사이에 끼인 짬이라도 다듬고 아껴야겠다.

모든 걸 내려놓고 빈 자린 스스로 채워지기를 기다리리라. 조급하지 않고, 억지를 부리지 말며 나만의 목소리, 나만의 언어 속을 헤엄치고 싶다.

좀 엉성하면 어떠랴. 조용히 자신을 돌아다보며 이미 고전이 되어버린 후회를 들먹이지 말자고 타이르는 시간이다.

자신의 믿음조차 불확실한 현실 속에서 새로운 확신이 비칠 때까지 굴하지 않고 버틸 수만 있다면 그게 내일을 내다보는 여유이리라.

그리고 쬐끔만 욕심도 부려보자고 담금질하지만 내일 일을 누가 알겠는가

출판을 허락하신 황송문 시인께 고마움 전하며 김혜자 시인의 우의友誼 깊은 마음도 한줄기 남긴다

2024년 5월 승달산 자락에서

다헌 최재환

차례

제1부 풀잎의 기도

제2부 이승에서 못다 부른 노래

제3부 자화상

제4부 바람의 길

第5部 늦가을 풍경

제1부

풀잎의 기도

풀잎의 기도

정의가 살아 숨 쉬는 곳에
건강한 자유가 펄럭이더이다

가시나무에 걸린 달이
밤새 시달리다
동틀 무렵 제 자리로 돌아가고
뿌리채 뽑힌 진실이 짓밟혀도
세상은 제 생각만 옳다고 우기더이다.

서로가 그늘을 드리움은
시험에 드는 함정,
진심을 털어놔도 자꾸 꼬이는 세상사
바로 보고 듣고 털어 내어
지혜 깨우쳐주심 감사드립니다.

해는 중천인데 아직도 어둡기만 합니다
별들이 하늘 높이 뜨는 밤이면

이웃들의 굽은 허리 두드려 주시고
때로는 남의 허물도
내 탓으로 돌리는 겸손 베푸소서

누렇게 시든 풀잎들
제 색깔로 흔들리다 안식에 들도록
아침마다 이슬 몇 방울 허락 하시어
가을이면 이름 모를 잡초들도
까만 씨앗 터트리게 하소서

심연을 흔드는 바람

- 옥정호玉井湖*에서

청둥오리 한 쌍 철을 맞은 듯 다투어 자맥질하는 싸리나무 그늘 아래 곱게 닳은 조약돌 하나 몸을 비틀며 유속流速을 거스르고 있다.

새소리, 바람소리 숲의 적막을 외면한 채 새벽을 흐르고, 별들은 찢어진 구름 사이로 제 길만 고집하고 있었다

걸려온 전화가 없어도 자꾸만 밖으로 뛰쳐나가고픈 오후, 자판기에서 뽑아든 종이컵의 짙은 커피향이 가을빛보다 구수하다

구절초 흐드러진 사잇길 따라 좀 더 여유롭게 발길을 옮기면 가을 여인들의 나들이는 언제나 가볍고 화사했다.

태초는 인류로부터 차츰 멀어지지만

문명의 주인은 분명 내 편은 아니었다.

고개를 넘어온 갖가지 소문들 못 이긴 척 잠에 빠지고

---

* **옥정호**: 전라북도 임실군과 정읍시에 걸쳐 있는 섬진강 상류수계의 인공호수. 주위는 구절초 공원으로 널리 알려짐

멀리서 개 짖는 소리 잠꼬대처럼 뒤척이는 새벽,
오백리 섬강蟾江 가슴 후비던 망나니들
호기豪氣 뽐내며 들판을 가로 지르는 것을.

예상豫想은 빗나갈 때 좀 더 신선하던가.
비 그치면 모두 제 모습 되찾겠지만
밤새워 호심을 흔들며 투덜거리던 바람은
어디로 빠져 나갔을까
가벼운 햇살에도 쉬 지치는 나일 속이지 못해
언짢은 듯 흰 머리칼만 쓸어넘긴다.

누가 머물던 자리였을까.
시계視界는 아직도 오리무중五里霧中.
가끔 신선들이 엷은 비옷속에 알몸을 감추고 숨 가쁘게 내닫던 한적한 호숫가,
장대비 피해 간신히 닻을 올리고 삿대를 비끼면 코로나에 막혔던 말문도 다시 트일까.
고추잠자리 한 마리 길 잃은 듯 심연의 가장자릴 맴돌고 있었다.

침묵沈默

한 해의 모든 임무를 마친 내 빈약한 정원,
낯선 새 한 마리 뜬금없이 날아들어 마지막 햇살을 물고 가지에 앉아 있다.
바람이 스치며 집적거려도 모르는 척
만장처럼 펄럭이는 페비닐 사이로 석양을 향해 명상하고 있다.

체구는 약간 작아 보이지만 목을 감싸듯 부푼 깃털이 저녁놀과 어울려 반짝이는 모습은 전생에 어느 지체 높은 가문의 규수였을까.
송곳처럼 뾰쪽 돌출된 머리털과 가끔씩 털끝을 쫗아대는 탄탄하고 날카로운 부리는 흡사 출정을 기다리는 병정이다

길을 잃었을까.
무리의 따돌림을 당했을까.
힘겨운 기도는 어느 하늘을 날고 있는지
가지가 흔들리면 곧 날개를 풀어 중심을 바로 잡는다.
메아리는 기다리지 않아도 돌아오겠지만

마음을 열어도 기다림은 이미 뜬 구름
채워도 언제나 비어있는 하늘이다

어지러운 세상사 바쁘게 서둘러도 경력쌓기 쉽지 않거늘 뒷짐지고 강 건너 불구경 하듯 여유롭다간 평생 끌려 다니다 무너지기 십상이라,

하늘로 통하는 길이 외길임을 알고 있다는 표정이지만,

이젠 자신감도 포기한 듯 기력이 없어 보이는 몸짓은 마치 타향을 떠도는 나그네다

오랜 여행으로 지쳤는지 석양빛이 목덜미를 감고 도는 동안, 늦가을 땅거미는 지체없이 모든 실체를 덮어버린다.

지금 쯤, 생명이 있는 것들은 오손도손 모여 앉아 행복한 하루 삶을 성찰하리라,

믿기지 않는 소문이 마을 방송을 통해 터질 때마다 너무도 웃긴다 싶어 벙어리가 되었을까.

몇 십 년 만에 찾아 온 가을 한파라는 아나운서의 볼멘 목소리도 못들은 척 방금 서쪽 하늘로 사라진 비행운만 쫓고 있다.

화설당花雪堂 가는 길

집 나간 바람이
돌만에 배 불러 돌아오는
봄의 길목,
동박새 한 쌍 숨바꼭질 하고 있다.

추위의 칼날은 무디다지만
찬 가슴 풀리지 않은 청명 하늘에
실날같은 봄볕 흩날리는
아침,
초면의 인사는 주먹을 부딪기로 했다.

나의 한 해는 이제부털까.
진눈깨비 한 줄기 얼씬 않던 울안
꽃눈일까, 눈꽃일까
계절의 반란일까,
산벚나무 가지 끝 펄럭이는 저 깃발은,

창을 열면
와불처럼 가로 누운 나지막한 언덕바지
발정난 괭이처럼 칭얼대는
갈숲 사이
구름 한 점 유유히 서역행인데,

믿었던 다짐들은
어김없이 무너지고
새벽 목탁소리 새벽을 열면
부르튼 입술 깨물며
약봉지 털어넣고 물을 마신다

길 위에 서서

가는 길이 멀고 험난해도
머뭇거리지 말고 꾸준히 헤쳐 나가세요.
가다가 길을 잃더라도
묻거나 당황해서도 안되오.
물어 가는 길은 어차피 남의 길,
힘들어도 자신을 믿고 스스로 답을 찾으세요.

포기하거나 지체해서는 안 되오.
허락된 시간은 유한할 뿐,
발길이 멈칫하는 순간에도
세월의 본색은 기다리지 않는다는 것
후회의 되풀이는 길을 잘못 든 탓이라오.

서두르고 재촉해도
발걸음이 시간을 앞지를 순 없는 일,
설마하고 방심하는 사이
영혼의 뿌리까지 흔들리기 십상이요.

신발이 닳고 헤지더라도
못 본 척 앞만 보고 달리시오.

말려도 때가 되면 누구나 가야 하는 길,
길은 생명이요 운명이외다
삶의 시작이요 끝이오이다.
하루는 놀 속에 묻혀 잠들겠지만
길은 길 위에 선 채 밤을 밝힌다오.

함께 길을 떠났더라도
가는 방향은 각기 다른 법,
동행이란 믿음 없는 약속을
뉘우침 없이 맺는 일도 갈 길인 것을.

쑥부쟁이

송쿠* 벗겨 허기 때우고
칡뿌리 질근 씹어
갈증 달래던 시절
쑥나물 보리 개떡은 과분한 사치였지.

헌 고무신짝, 부러진 비녀꼭지,
쭈그러진 백철냄비-
가락엿 맞바꾸면
오뉴월 긴 하루해도
일순一瞬이었지.

오늘도 어김없이
저녁 햇살은 서산을 비끼는데
거절치 못한 세월
이젠 모두 내 차지라.

송쿠 : 송기(전라남도 방언)

달비 한 다발

눈물 섞어 쥐어주던

맘씨 고운 옆집 누나

이 비 그치면 낡은 무덤 헤치고

쑥부쟁이로 피어 오를라

계절의 반란

시골 5일장,
입구부터 즐비하게 늘어선
사계의 미각 앞에
나는 잠시 정신을 잃는다

가지끝에 매달린 저 잎 지면
다음은 여름일까 겨울일까,
질서를 깨뜨리며 파고드는
계절의 전령사들이여
부끄러운 신분을 숨길밖에 없구나

자의 반, 타의 반
찢긴 세월 슬기롭게 꿰맨다지만
이제 바람 자는 숲에 들어
잠시 휴식을 즐겨도 괜찮을라.

철에 따라 명분은 뉘라 주셨는지

봄 가고 가을 지나면
온 몸의 상처 움켜 쥔 채
모두들 제 자릴 떠나겠지만

보폭을 넓혀 서둘러도
갈 길은 아득한데
돌아 볼 겨를도 없이
색, 향, 맛에 찌든 오계五季는
영락없이 내 차지다

'아직'이라는 어휘에 대한 사고思考

미치지 못하나 넘치지 않고
조금은 불안한 듯 조심스러워
내일에 대한 확신을 얻을 수 있어 마음 가볍다

마지막 허락하는 건 거역할 수 없는 인내 뿐
약속은 없었지만 기다림이 있어 설레고
진실이 빈자릴 채워주어 든든하다

훗날을 예측하긴 이르지만
잊혔던 추억이 다시 창을 열고
미더운 모습으로 다가와
돌아다보는 뒷모습도 여유롭다

안부를 묻는 벗에게
고맙다는 인사 대신 겸손해야겠고
'이제'란 말 대신 아쉬움을 돌려 세우며
신뢰와 바램 곁들일 수 있어 더더욱 즐겁다

때로는 어찌 얄밉지 않으랴만

크게 허물이 안되는 변명이라 고맙고

부끄럼 덮어주는 애교 넘쳐 정겹다.

빈집

집은 늘 비어 있었다.

전세 대란에 휩쓸리거나
악덕 업자에 사길 당한 건 아니지만
해와 달이 가끔 들러 가고
바람이 먼지를 날리는 일 외엔
한겨울 눈발도 외면하던 집이다.

어느 차가운 봄 아침
꽃 소식을 외면치 못한 벌들이
노숙을 털고 무단으로 입주,
매우 분주한 나날을 보내기 전까진
난 철저한 방관자일 수밖에 없었다.

쓸고 닦고 치우고 때우고
밤하늘 별까지 불러들여
부지런히 식구를 늘리고

틈틈이 월동 준비를 마쳐
오랜만에 촉촉한 가을 이슬에 목을 적신다.

허나 따갑던 햇살이 산그늘에 갇히고
제 자리를 다시 찾은 계절이
거부할 수 없는 재앙을 몰고 왔다
우크라 전쟁보다 처참한 벌들의 싸움은
한 해의 안식을 원점으로 돌려놓고 말았다

봄은 다시 기다려야겠지만
집은 어차피 비어 있어야 했다.

불신시대不信時代

- 요지경瑤池鏡

태풍이 휘젓고 간 해심처럼
세상은 홍몽鴻濛보다 어지러운 수라판 속이다

코로나는 얼굴을 바꿔가며 방역체계를 비웃는데
왜곡된 진실에 목을 맨 쫄부들
폐금광廢金鑛 뒤엎듯 남의 허물이나 들추고 앉아
민생은 아예 뒷전, 숫자놀이에 사활 거는구나.
눈, 귀, 입 꽉 틀어막음 영약靈藥인 줄 믿었더니
화타, 편작 모셔와야 풀릴랑갑다

한 어미 알집에서 나온 생선도
뉘 그물에 걸리냐에 몸 값이 달라지며
내 땅에 태어난 외국인 아기는 부모의 국적을 받고
여행길 비행기에서 태어난 아이는
삼중 국적으로 아리송한 세상이라

'정의는 죽었어! 나라가 국민을 속이는 데-'하며

자학하듯 불평을 털어놓는 뒷집 영감,
40년 공직생활, 퇴직금 일시불로 받았다고
공약으로 꼬시던 기초연금도 안 준다나?
퍽 아쉽겠지요? 이제 촛불 들고 밖으로 나서세요.
버려진 짐승도 법을 만들어 보호 하는데
누가 알아요? 천지개벽이라도 일어날지!

황혼 무렵 한적한 건널목,
찌그러진 양푼 감싸쥐고 앉아
부르튼 손등 감추는
저 노친네
어느 별에서 유배온 외계인일까

풀잎에게

뽑히고 밟히는 고통을 참느라
믿고 믿길 여유가 무너진 풀잎들을
경외하는 까닭은
끌려가지 않고 앞서 내닫는
삶의 이치를 일깨워 줌인데
열 두 길 우물을 파도
물 한 방울 비치지 않는 어둠 속
남의 눈치나 살피며 버텨온 세월이
못내 아쉽다.

우주 쇼

다음 술랜
누구 차렐까?

해와 달이 벌이는
숨가쁜
숨바꼭질.

꼭꼭 숨어라
네 편은
오직 너 뿐이다

겨울 산행

겨울 산을 오른다
익숙치 못한 길이라
헤매는 모습이 측은했을까
오른 만큼 산도 마중나온다
오랜만의 해후도 낯 선 만남처럼
가끔 바람이 손을 흔들어
가지에 쌓인 눈을 털어 내는 일 외엔
산도 모르는 척 미동 하지 않는다
구르다가 잠시 멈춘 듯
삐딱하게 주저앉은 바위에 앉아
식어버린 커피잔을 감싸쥐고
계절의 진실을 음미하는 동안
속세의 뜬소문 따윈 관심 없다는 듯
긴장도 늦추지 않았다
자리에서 일어설 때까지
처음과 같은 거리에서
팔을 흔들며 침묵을 고집하는 산

해가 뜨면 얼었던 피로도 풀릴 게고

심호흡 두어 번 가슴을 여는 사이

새로운 약속이 다시 맺어지리라

숲 이야기(1)

- 헬로윈

숲은 바람의 무덤이다.
밤새 별자리를 더듬어도
이승에서 풀지 못한 신비를 깊이 간직한 피라미드다.

가시에 찔린 낮달이
속살을 드러내고 울부짖던 숲을
실어증에 무너진 풀잎들이
마지막 진혼을 기대하지만
꼭 다문 입술은 굳게 닫힌 철문이다

튼튼하게 맺힌 매듭도 언젠가는 풀리는 법,
들짐승도 법으로 보호 받는 현실인데
내편이 아니면 모두 각을 세우는 법도는
어느 경전 몇 장 몇 절의 가르침일까

밝은 잠꼬대를 털어내고 출근을 서두는 풍경들,
다리를 절며 바다를 건넌 바람이

전신으로 흔드는 숲.
발톱이 빠지고 날개가 꺾인 채
가로 누운 골목을
신호등이 바뀌기 전에 건너야 한다

몸을 비틀어 사투리로 외쳐보지만
세상은 승패를 가릴 수 없는 혼돈 속,
허리가 휘도록 밀고 당겨도
마지막은 어차피 패자 뿐인데
샅바를 바투쥐고 안간힘들이다

빗장은 야무지게 걸려 있지만
허술한 건 언제나 우리의 믿음
가짜뉴스에 익숙해진 일상을 딛고
깃발이 무덤가에 나부끼면
핼로윈은 가면을 벗어던진 채 일어서리라.

숲 이야기(2)

- 톱질

잘려나간 세월은
다시 돌아오지 않는다

흥부의 톱날 끝엔 아직도
실하게 여문 박씨들이 차례를 기다리고
그루터기엔 가을 햇살이
놀을 향해 작별을 고하고 있다

떨어져 나간 시간의 자투릴 물고
뜰안을 서성이던 새들이
돌만에 돌아와 둥지를 트는 울안
그리움에 지친 추억들을 소환한다.

덧난 상처는 쉬 아물지 않겠지만
삶의 찌꺼기야 수거함에 떤지면 그만
허튼 생각들일랑
물새들의 발자국에 묻어 둔다.

거덜난 일상 땜질로 버텨보지만
톱질에 잘린 가난을
새들이 부리로 쫗아대고 있었다

거미줄 타기

땅거미 짙은 조용한 가을 숲
오랜만에 고향 찾은 왕거미
나뭇가지 사이를 부지런히 오르내리고 있다

토장 맛이 그리웠을까,
도시생활에 지쳤을까
벌, 나비, 풍뎅이, 온갖 잡벌레들
분주하게 날아드는 외진 공간,
약육강식弱肉强食은 조물주의 배려였던가

마포나루 향한 젓갈 실은 거룻배
삿대 비껴 쥐고 잠시 숨 고르던 모래섬
진실은 묻힐수록 빛을 발한다는데
빵떡모자 깊이 눌러쓴 거대한 궁전
정의로 위장한 거미들 어진 백성 길들이고 있다.

유속 빠른 깊은 바닷속

빈틈없이 그물을 깔아 바닥을 훑으면
바다의 울음소린 듣는지 마는지
만선의 깃발만 바다 위에 펄럭이고

로켓에 실어 쏘아 올린 쇳덩이
우주의 질서를 파 헤치고
멀고 먼 별들 틈에 끼어
지구의 구석구석 삶의 비밀까지 샅샅이 뒤져
자국의 잇속들 챙기는데.

'용케 피했구나!'싶어 해먹을 즐기는 사이
이번엔 초침秒針에 걸렸구나
추가 백신이면 틈이라도 생길까.
어딜 둘러봐도 빠져나갈 구멍은 이미 없다

제2부

이승에서 못다 부른
노래

엄마의 일기

- 가족묘원에서

천정부지로 치솟던 집값이
선무당 푸닥거리하듯
갑자기 바닥을 훑어도
가진 자의 주머닌 재물이 넘치고
빈자의 가슴엔 걱정과 시름만 쌓이는 현실을
뭐라 변명하겠는가

산비탈까지 휩쓸고 간 떳다방 깃발
오가는 길목도 삯을 치러야 하는
인적 드문 양지에 몇 평 마련
부모님 안식을 빈다.

샘물 한 사발도 버겁던 새댁
가난 듬뿍 담아 시주한 효험이었을까
'젊어 고생 뒷날 곱으로 보상받을 것'이란
어느 탁발승이 흘린 덕담을
신앙처럼 간직하신 어머니

시집살이 설움 그리도 매우셨을까
친정 어마이* 임종도 못지키신
아홉 남매 막내 딸
이젠 모두 잊어버리세요
며늘애들 정답게 바라보잖아요

아, 떠나신지 어언 서른 해,
민들레 한 송이 외로운 장독가
이밤도 못난 자식 꿈자릴 지키실까
눈물 감추며 한을 삭히시던 울 어매.

어마이 : 어머니(경상북도 방언)

후회의 실체

아, 또 한 해 끝자락에 나앉았구나!
싫어도 어쩔 수 없이 건너야 하는 다리
부끄럼 없이 살아온 삶을
자꾸 뒤돌아 보는 건
그것도 소중한 삶의 한 축이기 때문이라.

새해가 시작되면
새로운 다짐에 들뜨겠지만
그게 곧 후회의 빌미임을 어찌 모르랴.
지나친 기대는 욕심을 부르고
욕심은 바로 후회로 이어져
다가올 미래가 불확실한 것임을

그러나 너무 소침하진 말자
허물이 없으면 그게 사람인가
사람이기에 후회도 한다
같은 후회를 되풀이 하지만 않는다면

언제라도 미래는 네 편이다.

후회는 변화를 내다보는 거울
변화가 없는 삶은 미래가 없는 법이다
경건한 마음으로 아는 길도 물어
발길을 다져나가야 한다

머뭇거리면 길은 점점 멀어지기 마련
고삐를 바투쥐고
난세도 내편으로 이끌어
지혜를 모으지 않으면
아무리 서둘러도 이미 늦으리.

우수雨水를 건너며

영하의 바람끝이 매서운 아침
춘첩春帖이 나붙어도
장수의 칼날이 번뜩이고 있었다

마른 풀잎들도 헛기침하며
촛불을 든 채 대문을 나서고
나뭇가지에선 작은 새들이
계속 카톡을 두드리고 있다

코로나에 이미 주눅이 들어
마스크로 입을 가리고
계절을 방패삼아 싸움을 걸지만
묻지 않아도 결과는 뻔한 일

잠못 이루던 밤도
새벽으로 노곤해지는 아침
갈 길 바쁜 진달래가

계면쩍은 듯 혀끝을 내민다

봄빛이 들고양이 수염을 어르는 사이
양지 바른 언덕받이엔
아내가 부지런히 봄을 캐고 있다

칠불출七不出

잔병치레 핑계 삼아
온 삭신 노곤하게 지쳐버린 오후,
건강한 진실만을 추구하는 손주놈들
오랜만에 병든 할아빌 찾는다

어린 시절,
어미 그늘에서 웃자라
구석진 교실 뒷자리 면치 못하고
실눈으로 칠판을 더듬던 일이나
조회 때 들짐승처럼 맨뒤에 어정거리다
번번히 선생님께 들켜 꿀밤 맞던 일

군대 덕분에 아쉬움은 덜었다지만
교실구경도 못한 채
방송강의, 격일제 등교에 시달리며
계단 오르듯 세월이나 챙기던 젊음들
어쩌다 할애비처럼 키만 늘여

의기양양 대문을 들어서는구나

번갈아 손주 등만 두드리던 할아버지
'어디 보자! 마스클 내려봐라!
누구라 큰 놈이던고?'
그래도 성이 안 찬 듯
꼭 다문 입술 사이 신음처럼 터지는 한마디,

'그래, 토양이 건강하면 꽃도 열매도 실한 법!'

건강이라는 것

어린시절,
찔레나무 가시에 찔린
까치밥 따던 손끝만 아픈 줄 알았다.

나이들어 사랑 익히고
설치는 새벽잠을 쥐어짜는 가슴앓이가
달콤한 젊음인 줄만 알았었다.

분에 넘친 욕심들 밀어내고
발가락 끝에 힘을 주어도
잡히지 않은 몸의 중심,
그것이 세월인 줄은 미처 몰랐다.

코로나 아니라도 방속에 갇혀
깃빨과 함성에 기댈 이유 사라지니
일찌감치 눈,귀 걸어 잠그고
코끝만 부지런히 벌룽거리는데-

종착역 향한 열차가

마지막 간이역을 지난 뒤에야

생사의 함수函數가 풀리는 듯 했다.

바람 부는 날

기다림은 여지없이 무너졌지만
훈훈한 기별이라도 흘러들까
귓볼 열어놓고 가슴 설렌다

돋보기 위에 확대경을 걸쳐도
앞산이 아슴프레 아른거리는 아침,
우편함 속에선 전날 늦게 배달된
우편물의 잠꼬대가 한창이다

문패가 없어도
택배기사의 구둣발소리
투박스럽게 다가오는 날
코로나와 백신의 숨바꼭질 얘기로
시장끼 때우긴 시기상조다

장맛 소문은 어디서 흘렸는지
장독대에 까치 한 마리 한가롭고

뒤틀린 세월 손질하시던 할아버지
못 대공 대신 얻어맞은 엄지 감싸쥐고
죄없는 망치만 노려보는데

소나기라도 한 줄기 뿌리려나
예보에 지친 먹장구름
거적 뒤집어쓴 채
빗장 풀린 대문을 기웃거리고 있다.

산골 이야기

깊은 산골,

한적한 골짜기

봄, 가을 없이 흐르는 실개천이고 싶다.

빈 가지에 턱을 고이고 앉았던 바람이

갈기 세우며 손을 흔들고

안개구름 멈칫멈칫 안부를 묻더라,

새소리, 바람소리

바빠도 재촉하지 않고

낙엽을 휩쓸며 달리는 세월.

산울림이 없어 편하구나.

가슴에 고인 물은

언젠가 바다에 이르겠지만

쉬지 않고 흐르다

깊은 땅속에 젖어드는 게 운명이라면

부르면 대답대신

바위틈에 전설 한 다발 묻어두고

영원히 하늘가를 맴도는 계절이고 싶더라.

겨울 아침

가을이 숨죽여 떠나던 길
비행기 한 대 꼬리 풀며 날고 있다

어디서 어디로 가는지
새벽잠 설친 채 유년을 그리던 아침,
인사 주고받을 겨를도 없이
컴퍼스 빙글 돌려 원을 그리고 있다.

잊힌 듯 갇혔던 추억들이
기별 없이 떠오르고
눈, 귀 닫아버린 계절이
꺼진 불씨 다독이며 숨을 고르는데

울안에 갇힌 나뭇잎들
엎디어 잠 든 사이
잠자리보다 작은 비행기 하나
무거운 겨울 복판을 헤집고 있다.

겨울나무

제발 좀 가만두면 안돼?

평생 삭이지 못한 응어리
밤새워 가슴 열어 털어놨는데
무얼 또 어쩌라고!

바람은 못들은 척
곁가지만 흔들고 있다

청명清明무렵

코로나도 얼어붙은 꼭두 새벽,
주체할 수 없는 긴장을 풀어
빈약한 가슴 한 구석
오리브 한 그루 조심스레 심는다

꽃은 성급히 기대하지 않아도 좋다.
실한 열매 또한 지나친 욕심,
꿈을 잃지 않는다면
허술한 가지 끝
사랑이란 한 마디도 과분하다.

해가 뜨면
찬 공기도 조금은 풀릴 게고
살아 있는 것들은 열린 계절을 비집고
저마다 제 색깔로 발걸음을 재촉할 게다

오르막이 있다면 내리막은 필연,

반드시 탄탄대로가 아니라도
건강과 용기만 챙겨,
내일의 노동은 보다 아름다울꺼야.

서둘러도 종착역은 이미 만원이라
기도는 참회 뒤에 꾸려도 늦지 않아
서로가 서로를 믿고 지혜를 모은다면
산다는 핑계는 그것으로 족한 거야

아침 산책

매일 오가는 길이지만
길은 늘 새롭게 다가선다.

창을 열어젖히면
곧장 비탈로 이어지는 공간이라
바람도 절뚝이며 기어 오른다

잠시 숲을 비끼면 아름드리 소나무 군群
반갑게 맞는 편백숲을 뒤로
굴참나무 아우러진 내리막 길

누가 권하는 건 아니지만
건강을 빌미로
가벼워진 몸뚱이를 닥달하자면
버선발로 손을 맞던
추억이 가닥가닥 떠오르고

덤으로 떠안은 세월이라
크게 마음 쓰지 않아도
이승의 끝자락은 내 몫인 것을

언젠간 물려주고 돌아 설
약속을 위해
나비처럼 펄럭인다

이승 기행

힘겹게 늙는 세대가 나만이 아닌 것을
병마에 쫓기는 사이 벌써 종점이 가깝구나.

어쩌다 그물에 걸려들었을까
"어허, 이 친구 내 진작 그럴 줄 알았지!"
위로일까, 저주일까
"밥통이 없으니 이제 팔자 늘어졌구먼!"
연일 악담이다.

의사 몰래 돌앉아 볼펜 찾던 객기도 팔자였을까
그 사이 책 한 권 엮어지고
아직 두 눈 멀뚱하니 장하긴 하다만
술도 밥도 안되는 짓거리 미련을 못 버려
거드름 피우고 앉았으니 그것도 천형일까.

머리칼 날린다고 하늘 가릴 수 있으랴
매사를 남의 탓으로만 돌리던 버릇도
헛바퀴 돌리듯 제자리걸음이다.

벗겨진 이마 욕은 아니겠지만
베레모 덮어 하늘을 가렸더니
모두 이름 대신 빵떡모를 띄우더란다

바람불면 쭉정이보다 먼저 날아갈 삭신
문학 찾고, 예술 따지며 예까지 굴러 왔는데
말년에 뿌리없는 미생물에 얻어맞고
두문불출, 신선이 따로 없구나!

사우나 이발소도 이미 과분한 사치
링컨처럼 우거진 얼굴 숲.
파장 무렵 시골 어시장
썩은 통멸 한 상자 값도 안 되는 자존을
가보처럼 받들고 어디라 함부로 나댈까마는
베레모 대신 털모를 찾으면
그게 더도 덜도 말고 내 참 몰골이렸다

오호통재라!
만사 재껴놓고 이승기행이나 떠날까보다

이승에서 못다 부른 노래(1)

-『레퀴엠(Reqiem)』-

〈1〉

멀리서 개짖는 소리만 밤 공기를 찢으며 들려왔다. 어둡고 긴 터널을 빠져나온 열차가 미친 듯 종착지를 향해 내닫는 차창 밖은 앞뒤를 분간키 어려운 짙은 안개에 덮여 있다

가끔 검은 장막 사이로 희미한 별빛이 번개처럼 스치는 풍경 외엔 무어라 확신할 수 없는 암흑의 연속이다.

그리움과 외로움이 교차되던 대합실은 떠나면 돌아오지 못하는 황량한 유배지로 바뀌어 구석마다 거친 거미줄만 유령처럼 입을 벌리고 있다. 사위四圍는 침묵에 잠겨 한 발짝도 내딛을 수 없는 신의 영지領地 말씀으로 천리天理를 열어 만물을 제도制度하지만 창조주는 늘 엄격하면서도 관대했다.

〈2〉

하늘끝으로 사라지는 비행길 쫓아

온종일 구름속을 비집던 철부지 시절

휴전을 목전에 두고 산화한

친구 형의 영혼을 위해 미사 봉헌을 하던 날,
식장 분위기에 익숙치 못한 객客이
갑자기 밀어닥친 공포와 두려움에
긴장이 풀리기 시작한 건 한 참 뒤의 일,
조물주는 마지막까지 미로 속에 나를 가두어 두기에 충분했다

이승의 끝자락은 어디까질까
기다림은 모두에게 부담이 되었던지
평생의 도박은 아무런 도움이 되지 못하는 듯
곧 이어 터져나온 합창단의
가슴을 쥐어짜듯 무겁게 흐르는
그레고리안* 선율의 『레퀴엠(Reqiem)』

골짜기에 도화라도 뜨는 날이면
무릉을 논할 게고
검은 자루옷 뒤집어 쓴 바람이
허기진 촛불을 바쁘게 흔들면

하늘 길이 가까움을 짐작하리라

〈3〉

운구행렬運柩行列이 멈추자 집전 사제는 전생의 은원恩怨을 지우기 위해 마지막 예를 다 하고 실내를 가득 채운 기도는 사제가 흔드는 향로속으로 서서히 빨려 들고 있었다.

자신을 지켜 주는 건
망가진 육신에 걸친 헐렁한 바지 뿐,
갈림길은 진혼에 묶인 영원한 나그네 길.
믿었던 진실이 강물처럼 어둠으로 바뀌는 사이
휴식은 또다시 깊은 잠에 빠지기 시작했다.

어쩌다 막혔던 숨통이라도 트이는 날이면
자투리로 장식된 너울을
하늘의 섭리에 맡긴 채
콧소리로 흥얼거리던 노래,
레퀴엠* 에테르남 도나 에이스 도미네(Requem aetrnam dona eis.....)
삶의 끝자락에 유산처럼 싣고 떠난다

---

*그레고리안(Gregorian) : 로마 가톨릭 교회에서 사용되는 무반주의 종교 음악. 그레고리우스 일세가 제정한 가톨릭의 전통적인 단선율로 전례 성가의 한 축을 이루는 반주 없는 선율의 장엄한 노래였으나, 오늘날에는 반주를 넣기도 한다.

* 레퀴엠(Requiem) : 로마 가톨릭교회에서 '죽은 이를 위한 미사(위령미사)' 때에 하느님께 죽은 이의 영혼에게 영원한 안식 주시기를 청하며 연주하는 전례 음악

* 에떼르남 도나 에이스 도미네..(aetrnam dona eis domine) : 영원한 안식을 그들에게 주소서)

이승에서 못 다 부른 노래(2)

요란스런 새 소리에 잠이 깼다.
산자락을 베고 누우면
천지만물이 모두 한 가족이라
동박새 한 쌍 시위하듯 떠들고 있다.

뜻은 헤아리지 못하지만
같은 시간 며칠 째 산채山砦를 찾는 건
긴한 기별이라도 전하고픈 모양인데
우로愚老의 예상은 늘 빗나가기 일쑤다

누가 보냈을까
이미 어깨 힘이 빠지고
코와 귀에 문명을 걸어도 천지는 미궁迷宮,
먼 산의 눈치나 살피는 음치니
종일 떠든들 무슨 소용이랴

긴장된 어휘 몇 개 줄 세워놓고

음정 박자 놓쳐도
기고만장 밤잠 설치던 시절
막걸리 한 사발은 서로의 위로였다

시계가 멈춰도 제 갈 길만 고집하는 세월,
염라왕의 특사일까
전생에 진 빚이 많다 귀띔했거늘
듣고도 같은 질문만 되씹는 등신等神에게
무슨 할 말이 남았을까

흥얼 노래라도 듣고 싶은가
강한 태풍들도 차례로 본색을 감추고
하늘이 저리도 맑고 푸르니
일체의 잡념 접어두고
어차피 누울 자리 풀이나 뜯어야겠다.

이승에서 못다 부른 노래(3)

- 삶의 길

실개천에 배 띄우고
삿대를 비껴 쥐면
좁고 험한 길도 낙원이더이다.

가시덤불을 헤치며
달려온 바람이
귓가에 흘리던 말,
'밤새 무탈하셨던가요?' '

기대 수명을 넘기면
짭짤한 삶도 모두가 덤,
밑져도 본전은 처지는데

개미 한 마리
죽은 풍뎅이 시신을 물고
가파른 언덕을 오르더이다.

이승에서 못다 부른 노래(4)

속담에
중이 제 머리
못 깎는다지만

화타(華佗), 편작(扁鵲)이면
소중한 목숨
하늘의 뜻을 빌어
두어 뼘 쯤
더 늘일 수는 없을까

잇몸이 닳도록
평생을 지킨 생명인데
'잘 살고 갑니다'*

서쪽 하늘에
학 한 마리
긴 장마 끝
뭉게구름보다 한가롭다.

---

* 진헌성 시인의 열 여섯 번째 시전집 '표제'

제3부

자화상

황혼 무렵

늙는다는 건
덕지덕지 쌓인 세월의 찌꺼기를
조심스럽게 털어내는 일이다

욕심을 앞세워 앞만 보고 내닫던
지난날의 오만을
모른 척 묻어두긴 쉽지 않을 터,
가는 길이 저마다 다른데
행복의 색깔이 모두 같을까

힘들다고 여기서 물러설 수도 없는 길,
새끼들 틈에 끼어
얹혀사는 일도 버겁지만
남에게 짐이 되는 삶은
더더욱 견디기 힘들 뿐이다.

누군들 늙고 싶어 늙으랴

저녁놀이 여명보다 아름답다지만

잎 진 가지엔 후회만 펄럭이고

덧난 상처야

훗날 그림자 뒤에 말없이 묻힐 게고

남은 길도 바쁜데

감출수록 드러나는 허물을 어찌 감당하랴

늙는다는 건

결국 가리워진 삶의 흔적들을

한 겹 한 겹 벗겨내는 일이다.

코다리

대관령 덕장에 매달려
겨우내 언 삭신 추스리던 코다리
어느날 빈약한 선비의 식탁을
예고 없이 찾아 들었다.

어디서 보았을까
낯이 설지 않은 저 깡마른 얼굴
거울 앞에 앉아 아무리 머릴 굴려도
좀처럼 떠오르지 않는 실체는,

동해 바다 가까운 대간의 허리
매서운 겨울바람 입맛들이던 아내
핼쓱해진 곁다리의 몰골이
측은하게 비쳤을까.

거리 두기도 이골이 났는지
마스크도 걸지 않은 채

뜨거운 불맛 곁들여
푸짐하게 밥상을 점령하고 앉았다

이 해 지나면
주치의 안경너머 실오리같은 걱정도 끝이 날까
낮은 바람에도 온 몸에 닭살 돋는
나는
차라리 양념으로 위장된 외로운 코다리다.

살다 보면

서창書窓에 기대어
먼 산 꾀꼬리소리
귀 기울이는 일도
푸짐한 하루 삶이려니

삼복三伏
깊은 숲그늘
흐르는 물에 발 잠그고
잠시 잡념 떨쳐버리는 일도
모두 저제금 사는 방법이라

살다보면
자랑보다
감춰야 할 허물이 더 많은 생生

그러나
자신에게 너무 관대하진 마라
산다는 게 어차피
살아 남아야 할 싸움인 걸.

그림자

한 번도 앞서 닫지 못하고

질질 끌려 다니다가

성명도 분명치 않은

희미한 삶의 실체만 확인했을 뿐

종내는 먼 하늘 그리움속에

갇혀버리고 말았다.

민심民心

하늘 높은 줄 모르던 전셋값이
어쩌다 꺾인다고 아우성인데
치솟고 꺾이는 것도 가진 자의 권리
빈부가 서로 믿고 아우를 때
불만과 짜증은 스르르 무너지는 법

가진 자는 아직도 빗장 걸고 허세들인데
어느 세월 노숙을 털고 일어설까
빈자에겐 요란한 자선보다
내실있는 위로가 선약인데.

축구경기

삶은 한 판의 처절한 축구경기다,
한 번은 기어코 우열을 가려야 할
목숨을 담보로 밀고 밀리는 치열한 싸움판이다

혼전 중 걷어낸 볼이 그만 자책골이 되어
후회할 겨를도 없이
질질 끌려만 다녔던 평생의 삶
눈물 한 방울 흘리지 못하고
잃은 골 만회키 위해 운명을 걸었던 전쟁터.

피 튀기는 종반전
눈물겹게 얻은 페널티 성공으로
평행을 이루었으나
피차간에 울 수도 웃을 수도 없는 게임

골을 혼자서 몰아 넣고도
승부를 가르지 못한 경기
연장전이 끝나면
다시 승부차기라도 이어지리라

신 애국론新愛國論

정의나 평화란
입술에 눌어붙은 타협을 위한 구실일 뿐
어느 한 쪽이 손을 털고 일어서기 전엔
어떤 상황의 빌미가 될 순 없다.

같은 길을 가더라도 생각이 뒤틀리면
불꽃 튀는 한 판 승부를 결決해야 하는 현실
승부는 어차피 제 편에 유리하도록
각본에 충실하는 일이다.

협상은 테이블에 올려진 조건들을
제 입맛에 맞도록 요리하는 일
때로는 진실도 뒤엎고
그릇된 사안도 입맛대로 포장
주위의 이목을 끌도록 물고 늘어져야 한다

생사를 같이 했던 사이라도

서로 양보하는 건 이미 낡은 사고
천평天秤으로 달아도 서로 만족시킬 수 없으면
핏대가 시퍼렇게 목청을 돋우어야 한다.

정의가 뒤집혀 불의가 앞질러도
원칙은 숨겨둔 논리일 뿐
시간이 흐르면 다시 제 자릴 찾는 이치를
나라를 위하는 일이라 떠들어댄다.

정의正義

저승사자가
지척咫尺에 어른거려도
흔들리지 마세요.

앞만 보고 달려도
갈 길 멀잖아요
지난 날 꼬집고 따져도
번번히 허탕인데
한 눈은 팔지 말아요

지나는 길 누군가
'정의正義'를 묻거든
'옥玉의 티'라 말 하세요,
'속 빈 강정'이더라 하세요.

어차피 자신도 못 믿기는 삶
차라리 다리 쭉 뻗고 누우세요

때로는 눈 감고 보는 하늘이

더욱 아름답지 않던가요?

자화상

아내가 놀다 둔 선지宣紙 위에
조심스레 먹을 찍어
댓닢 몇 장 몰래 끼워 넣는다.

폐지로 버리긴 아직 아까울 듯
눈 벌면 쌍심지 돋울 건 뻔한 일
어차피 그림자 뒤에 숨어
시간이나 축내는 일상이라
진실을 과장할 이유는 없다.

보험사도 외면하는 세월
사납고 거친 고개
예까지 탈없이 흘러오지 않았는가
떨리는 어깨에 힘 주어
청매 가지끝에 살짝이 매단다

사자 포효하듯 어금니 깨물어도

풀잎 하나 까딱 않는 이른 아침
'짓거리 치고는, 쯧쯧-!'
내친 김에 낙관까지 띄우라
놀릴지도 몰라

이런 재미 아니면 적막강산일 걸
지난 날 아내가 그랬던 것처럼
밑지는 흥정은 못들은 척
입꼬리 살짝 들어 올리면 끝날 일.

길

길과 함께 길을 가다
길 위에서 길을 잃었다

길과 길이 만나는 곳에
삶은 싹트고 시드는 거라
나는 길에게 길을 묻고
길은 나를 다그쳤다

함께 떠난 길이라도
가얄 길은 서로 다른 법,
따로 집을 떠났어도
언젠간 다시 길 위에서 만나야 한다

함께일수록 외로워짐은
해답이 하나이기 때문일까.
길이 다시 나에게 길을 묻는다면
나는 풀잎처럼 길 위에 누울 게고

길은 또 내 위를 덮칠 것이다.

잃었던 길을 다시 묻는 건
길이 바로 우리의 운명이기 때문이다

성야聖夜에

수도꼭지 얼어 터지는
거룩한 밤,
베들레헴 마구간도 이리 차울까
산타의 썰매 길도 막힌 어둠 속
인류의 원하는 확실한 백신 보따리
아기 예수 오시는 길 미끄럽진 않으실지.

-눈은 아직 아니 내리는데.

사는 법

거울 앞에 앉아도
피차 시선은 피하기로 했다.

아무리 뜯어봐도
어느 구석
진실 하나 머물 곳 없는
깡마른 얼굴.

세월을 빌미로
마음까지 구겨서야 되겠는가
힘 든 삶이 운명인 것처럼
운명 또한 삶의 한 자락인 것을.

밖은 이미 칠흑
스스로 되어지는 건 없다

고인의 진실

생사를 넘나드는 큰 수술 뒤
습관처럼 매달리던 항암 시편들을
월간지에 발표했었다.

얼마 뒤
마지막일지도 모르니
원고료 입금하겠다는
계좌번호를 묻는 고마운 전화가 왔다

'이렇게 말짱한데 마지막이라니?'
어쩐지 씁쓸하고 아리송한 두려움 뿐
미리 받는 조위금이라?!
그렇더라도.-,

결국 해가 바뀌어 정답이 나왔다
손전화에 찍힌 문자
'폐암 전이로 어머님 별세-'

발행인도 폐암 투병중이었던가

그랬었구나

-명복을 빕니다.

삶의 계산 법

뜬 눈으로 밝혀도
꿈자리 사납긴
매 한 가지다

누웠다 앉았다
섰다 구르다
밤 새워 뒤척여도

한 나절을
못 채우는 삶의 공식!

썰매 타기

사계가 얼어붙은 호수에서
썰매를 타고 있다
실개천을 따라 예까지 흐르는 일도
쉽지는 않았을 터
지치고 힘든 건 저제금 팔자지만
달리던 삶을 되풀이하다 보면
지나온 발자국이 다시 밟히고
하수구에서 빠져나온 해가
고드름 끝에 매달려
달그림자 뒤에 숨는 사이
평생 지쳐도 매끄럽지 못한 삶
미꾸라지처럼 엎디어 다시 달린다.

징역 살기

방문 걸어 잠그고
면벽하여 돌아앉아도
계절은 어김없이 제 자리를 찾더이다.

보고 듣는 일 비끼면
눈,귀는 아예 막혀버리니
벙어린 저절로 굴러온 덤,
빈 껍질만 남은 삶
욕심은 이미 사치더이다

무심코 꺼낸 한 마디에
뿌리가 흔들리고
질서가 무너져도
앞뒤 가리지 않고 물고 뜯는 풍광
어느 쪽이 이문 남기는 거래일까요.

아직은 콧구멍이 터져 있어

바람이라도 드나드니
생명이라 셈에 넣는 모양인데

진눈깨비도 외면하는 적막 공산空山
바람이 손님처럼 가끔씩 스쳐 갈 뿐,
시간 속에 얹혀 사는 징역살이도
밑지는 장사는 아닐 듯
아무리 서둘러도 발이 떨어지지 않소이다..

제4부

바람의 길

참새에게

참새야,
허구한 날 넌
어쩌자고 목 터져라
아침마다 보채느냐

새벽 잠 설치는 네 속셈
말 안해도 내 다 알지
짝 잃은 서름이
어찌 너 뿐이랴.

하늘이 무너지고
땅덩이가 갈라져도
한 평생 맺은 약속
흔들려선 안 되지.

챙겨 둔 정 그립거든
방앗간에라도 들려 가렴

별들이 쉬어 간 자리
추억만 출렁이는데

아무리 괴로워도
외롭진 마라
마지막은
누구나 혼자다.

---

* 본 시는 시집 『바람에게 길을 묻다』 에 실린 '공동묘지' 일부와 『심면에 뜨는달』 에 실린 '오막살이 집 한 채13'의 일부를 재구성한 작품임.

세월

- 병상일기

부지런히 입맛 다시는데
속은 왜 이리 허기질까

배부른 이웃도 옛 이야기.
겉보리 서 말에 한 해 품 팔아
눌어붙은 무쇠 솥 바닥
누렇게 부어터지는 봄날,

고개를 올라서니,
아, 이제사 알것다!
우물에 뜬 구름 한 조각
선약 아닌 독약이던 걸.

투기

발 붙일 곳 없어
하늘보고 거꾸로 선다
어차피 여기도 오염된 일상 뿐
물 한 모금 얻어 마실
인정이 말라 붙은지 이미 오래다.
알려진 갑부,
하루 아침 알거지가 됐다는 소문,
억울하면 특검 불러 따져 보라며
고급 승용차 한 대
뿌리치듯 꼬릴 감춘지 오래다.

코로나 대전(4)

지루한 이 전쟁은 언제나 끝이 날까
길수록 피차 득보다 실이 많은 법,
사회적 거리두기로 버티지만
믿기는 처방은 아닌 모양이다.

감옥살이가 이런 것일까
정치, 경제, 종교, 문화. 모든 질서가 범벅이 되어버린
지구촌의 삶의 룰,
안전수칙 격상으로 일전불사를 벼르지만
등 돌린 민심을 잡기는 쉽지 않은 모양,

아스트라제네카, 모더나, 화이자, 얀센 등
나라마다 최첨단 무기로
날카로운 칼끝을 겨누어도
전파력 높은 델타변이를 앞세워
알파, 베타 감마, 뮤변이로 맞서는 바이러스 군群.

조급하게 전리품을 챙기고
논공행상처럼 몇 푼 쥐어 달래보지만
전세戰勢는 하루아침 숫자놀이를 비웃 듯
속수무책이다.

80% 백신으로 무장하면
부스터 샷으로 작전을 바꾼다고?
전세는 낙관할 상황이 아닌 듯싶은데
서둘러 '위드 코로나'라?
일방적 휴전 선언일까, 무조건 백기 투항일까.

탈레반의 테러에
맥없이 무너져버린 아프칸처럼
등 뒤에 숨어 게릴라전이나 벌이자는 속셈일까
싸움에도 정도는 있는 법
모두들 손을 맞잡고 '화이팅'을 외쳐보지만
승리의 깃발은 누구 편도 아니다..

바람의 길(2)

별들도 길을 헤매는 이른 새벽,
눈 비비며 창을 열면
밤새 숲과 실랑이 벌이던 바람이
잽싸게 골목을 빠져나간다

삶의 실체만큼이나 얽히고설킨 길.
길은 목적을 향한 수단이지만
가야 할 길은 누구에게나 하나뿐,
진실을 외면하지 않으면
엇갈린 길도 종점에서 다시 만나는 것

하루의 노동이 앞을 가로 막아도
좁고 어둔 길을 부지런히 가꾸고 닦아야 한다
제 길만 고집하는 외로운 싸움도
태중에서 부여받은 신성한 권리
한 번 잘못 들면 평생을 헤어나지 못 하느니.

사통팔달 뚫렸다고 꽃길만이겠는가

어차피 길은 운명이다,
싫거나 싫더라도 선택의 여지없는 숙명인 걸.
바람이 가고 구름이 가고
빛과 어둠이
평생 한 길을 가면서 단 한 번의 조우도 없었다지만

언제라도 모든 욕심 내려놓고 분에 넘치지 않으면 내일은 오늘보다 더욱 아름다울 것.

온갖 불의와의 타협을 거부하고 나름의 색깔대로 호밋날을 세워야 한다.

한 눈 팔아선 안 된다.
유혹에 휘둘려도 아니된다.

바른 길을 가지 못하면 언제나 남의 허물이나 들추고 감싸는 이방인,
본분을 상실한 공범자다,
영원한 주변인이다.

바람은 아직도 가로등이 꺼지지 않은 골목을 스켈레톤 선수처럼 유유히 미끄러지고 있었다.

사모곡

미세먼지 극성이던 동지 무렵,
어둠 짙은 외양간
어미소 여물 씹는 소리 사이
어머니 옛모습 문득 떠오른다.

남향받이 오막살이
햇볕 잘 드는 문지방 위
실한 가시나무 가지 걸어
식솔들 안녕 빌어주시던 어머니

일곱 탯줄 풀어
민들레 꽃씨 몰래 몇 꼭지 날려 보내고
남은 살붙이 가슴앓이로 삭히시던 어머니

찔레넝쿨 까맣게 찌든 까치밥 따다
질근 씹어 입에 물려 주시던 울 어매.

바람에 거스러진 잔디 아래
엷은 옷소매자락 차갑지는 않으신지
길쌈하던 어미 나일 훌쩍 넘겨버린
아들의 거친 손등이
얼마나 가슴 저몄을까.

닳아버린 짚신 총날
새끼줄 얽어 발을 감싸시던 삶
오늘은 조금 펴지셨을까
낡은 무쇠솥
보리밥 눋는 냄새조차 그리워진다

바다 이야기

- 조금새끼

바다에서 태어나
바다를 닮아가는 이들에겐
처음부터 밑밥을 뿌리지 않아도
못이긴 척 일상이 끌려나온다

가슴에 손을 대면
쥐어짜는 듯 터져 나오는
목 쉰 바다의 울음소리,
삶은 그 언저리에 뿌리를 내리지만
물때는 항상 풀리지 않은 숙제였다

새벽잠 설칠 때마다
목청 돋우어 하늘을 나는 새 떼들
촛불 집회는 벌써 끝이 났는지
온갖 상념들 모래위에 되살아나고

한 달이면 두어 차례

줄 타듯 나누는 아내와의 해후를
숨어 훔쳐 보았음일까
일찍이 뱃놈의 자식이었어도
조금새끼*는 아니었다.

가파른 바람도
무거운 침묵으로 버티는 바다는
차라리 모든 생명의 심장이었다.

---

* **조금새끼** : 요즘처럼 어부들의 생활이 현대화 되기 이전, 모든 어선들은 한 달이면 두 차례씩 물때가 완만한 조금을 이용, 어획 정리나 필요한 어구, 생활 필수품을 챙기기 위해 귀항했었다. 이때 모처럼 가족들과 지내는 사이 얻은 자녀들을 바닷가 사람들은 '조금새끼'라 이르기도 했다

장마철에

하늘을 믿고
잠시 한눈파는 사이
뜰 안 온 식구들
그 사일 못 견디고
풀이 죽어 모두 돌앉았구나.

계절은 어김없이
제 색깔만 고집하는데
제방이 터지고 산이 무너져도
너만 바라보고 서 있으랴

예보 한 번 삐끗하면
깊은 시름 코가 석자
작은 허물일랑 모르는 척
가벼운 손뼉으로 격려해 줌 안 되니?

지나가던 지인

무심코 던진 한 마디,

"아직도 몰랐나?

바닷가 몽돌은 알뜰한 조강지처,

화분속 풀꽃은 기생첩인 걸!

효孝에 대하여

새벽 꿈자리 어머니께서 창을 두드리신다

추가 백신은 맞으셨을까
'조상님 말씀은
꼭꼭 가슴에 담아둬야 해!' 하시던 말씀
가보家寶처럼 간직하고 살아왔다.

아들의 묵직한 삶을 고대하다
곁을 떠나신지 어연 서른 해
언행을 조신하는 삶이 효인 줄만 알았거늘
지금까지 겉만 맴돌았나보다

억지부린다고 무슨 수가 날까마는
몸집이라도 불릴까 고심하던 어느 날
위암 선고 받아 오장五臟 한 줌 들어내니
빈 껍질만 남은 몸통으로
어머니의 마지막 연세를 훌쩍 넘기고 말았다

효가 무엇인지
초등시절로 곤두박친 체중을 보듬고
좀처럼 효孝의 빌미를 주지 않는 세상살이가
나의 운명임을 뒤늦게 깨닫는다

노소문답老少問答

수능을 마치고 나오는 손주에게 물었다

세상이 온통 얼어붙어 선부른 기대는 움츠린 가슴을 더욱 떨리게 한다 했다.

토양이 건강해야 소출도 풍요롭다는데
보건용 마스크로 입과 코는 틀어막았으나
눈과 귀가 열려 있어 뒤틀린 뉴스들이 찌든 하루 힘들게 한단다

이웃들의 따스한 정이 하루의 피로를 덜어주지만
거리두기 격상도 모두에게 걸맞는 백신은 아니더라 했다

긴 싸움엔 모두가 패자라며
의롭지 못한 일 멀리하는 자가 최후의 승자란 말도 곁들였다

뱃놈

양반은 못되어도
분명 뱃놈의 핏줄이었더라
그 애비에 꼭 그 자식이어야 한다면
어차피 피하지 못할 운명인데
일곱 물 빠른 조수에
삿대나 비껴 볼꺼나.

촌놈이 어때서

시골에 태어나
산비탈에 태 묻으면
너, 나 없이 촌놈일까.

조상덕에 한양 나들이
전세 몇 칸 풀고
지하철 몇 번 갈아 탔다고
이들 모두 양반이랴

눈만 벌면
여의도 모래밭에 모여
삿대질 하며 내뱉는 거친 말투
상하 구분도 못하는
서울 양반들.

어리숙하고 바보스럽고
계절에 둔하고

토장맛에 익숙해도
매사에 조신하고 분수 지키면
시골 양반이려니

촌놈 양반이 따로 있었더냐
번지르 기름기 얼굴에 미끄러져도
조신하고 격을 못 지키면
서울 양반도 촌놈 못 면하는 걸.

예향은 고전古典

굴러온 돌이
박힌 돌 빼낸다는 속언俗言
고금을 넘나드는데
낡은 지식 팔아 명예를 챙기려던
거덜난 어느 선비님네,

볼 일 마쳤으면 흔적없이 떠날 일
제 버릇 남 못주고 내뱉은 한 마디
'여긴 시같은 건 너절한데
시인은 없어-,

어허, 이 양반
예가 바로 원조 예향인 걸 모르셨나?
자신이 끄적인 넉두리는
음절마다 역겨운 냄새 코를 찔러도
글로벌 꿀향긴 줄 아는 모양.

은혤 입었으면
공 인사라도 남기는 게 얘의거늘,
어허 어디다 대고 빈 삿대질이야
'내로남불'이라 하던가
여의도 발發 낮 간지런 말투도
때로는 약이 되는 세상 잊으셨나,

포구의 지성들 간 밤 술이 덜 깬 듯
꽁짜로 얻어터진 싸대기 움켜쥐고
끄덕이며 참으면, 군자의 도道일까, 힐링일까
'양반은 물에 빠져도 개헤엄은 안친다'는데

백신 끝난지 오랜데
나 또 왜 열 받지?

아! 그러나 나 이제 알겠다.

산

입동이 코끝을 간지르는
으스스한 말그내(淸川里)길
옷깃을 여미며 깔끄막을 기어 오른다

하루같이 오르는 길
오늘따라 어쩌자고 발이 이리 무거울까
정상은 아직 먼 발친데
내리막이 앞서 내닫는구나

지친 다리 개울물에 잠시 맡기고
이마에 맺힌 땀방울 잠시 훔치면
메아리 차갑게 발끝에 밟히는 산

산 그림자 펄럭이며
산새, 들새 둥지 찾아 날아들고
구절초 쑥부쟁이
가는 허리 하늘거리누나

머리를 들면
뜰 안 가득 채우는 저녁 놀
산 그림자 서산마루
힘들면 돌아설 때도 되었는데
믿음은 이미 얼어붙고 약속은 귀밖에 멀구나

새소리, 바람소리 버리기 아깝지만
눈 벌면 다시 오를 산.
산 그림자 노을에 갇히니.
이제 내리막을 타도 될랑갑다.

세월

- 병상일기

부지런히 입맛 다시는데
왜 이리 허기질까

배부른 이웃도 옛 이야기.
겉보리 서 말에 한 해 품 팔아
눌어붙은 무쇠 솥 바닥
누렇게 부어터지는 봄날,

고개를 올라서니,
아, 이제사 알겠다!
우물에 뜬 구름 한 조각
보약은 저리가라하는 걸.

노년老年에

시원스럽게 터진 고속도로 위
보이지 않는 끝을 향해
긴장 풀고 내닫다가
잠시 주춤, 한눈파는 사이,
산비탈에 이르러서야
비로소 혼자임을 깨닫더라

동반同伴

한솥밥을 먹던 부부도
건너선 안되는 강을 건너지만
병病과 약藥은 극간極間이면서
평생 같은 길을 가는 동반자다.

동일한 병을 앓는 환자에게
같은 약을 처방해도
생사가 엇갈리는데.
익숙한 선약仙藥으로도
하늘의 뜻은 거역친 못하는 듯,

독毒도 때로는 약藥이 된다지만
그러나
천명을 다한 자에겐
돌아서는 부부처럼
영약靈藥은 이미 없더라

제5부

늦가을 풍경

세상인심

앙가슴 움켜쥐고
찢긴 세월 되돌아보면
숭늉 한 사발 목 추기던
인정도 흘러간 전설

눈벌기 바삐
붕어빵, 군산 호빵
컵 라면이 하루 과업인데

우루루 참새 날아간
흙담 너머
쌩긋 건네주는 순이의 눈웃음에도
얌전히 정가표가 붙었더라

이승의 갈림길

- 벗의 부음을 받고

어지럽던 새벽 꿈자리
베개를 고쳐 베면
거긴 무릉일까, 낙원일까

마지막은 누구나 혼자임을
먼발치 엿들었지만
홀로 남아 외로운 게 아니라
바뀔 꿈자리가 애잔했던 것

함께 배를 타도
하선의 차례는 이승의 순리,
착한 이웃들 젖니 빠지듯
다투어 자릴 비우니
잇몸의 쓸쓸함도 전생의 인연일 뿐

문밖을 나서면
너, 나 없이 나그넨데

염라왕의 사정권이 여기까질까

보내는 마음이나 기다림의 조바심이
입맛 없다 핑곌 앞세워
모든 약속은 무너지고
신발끈 조이는 눈시울에
세월이 다시 머무는 것을.

늦가을 풍경(1)

코로나로 인심마저 어수선해진
5일 장터 파장무렵
낡은 좌판위엔
팔리지 않은 햇볕들만 너저분하다

나이보다 한참이나 늙어버린 쥔장이
가끔 턱밑으로 흘러내린
마스크를 밀어 올리며
발치 앞을 스치는 그림잘 쫓고 있다.

무청 시래기처럼 삐쩍 말라
핏기 없는 손등으로 입을 가리고
바튼 기침을 두어 번
손사랠 치고 나면
담장위엔 들고양이 한가하게 졸고
포장마차 토장국 냄새가 그리운 시간

간지 짚어 따져봐야
다람쥐 챗바퀴 돌리듯
허술한 지팡이에 의지한 채
소. 대설이 발끝에 걸리는데

소고삐 바투쥐듯 하루를 헤아리면
쓰레기차 마이크 소리
골목으로 사라진지 오래다.

늦가을 풍경(2)

가을걷이 끝난
널다란 선지宣紙위,
새까맣게 분장한 새들이
노을 비낀 고향 하늘
욕심껏 쓸어 담고 있다

박꽃

누굴 기다릴까
빛 바랜 옥양목 적삼
곱게 다듬어 입은 저 처자,

살랑 바람에
버선발로 뛰어 나와
빗장 풀어 가슴 졸이던
해맑은 속눈썹

얌전히 빗어 넘긴 머릿결이
바람에 흩날리니
은하도 잠 못 드는가
실날같은 그믐달
발목 딛고 새벽을 건넌다.

작은 기도

마땅히 자신이 할 일을 외면하는 사람은
망망대해를 거스르는 조각배와 같사옵니다
오늘의 그릇된 생각을 뉘우치고
내일은 만인을 인도하는 길잡이가 되도록
어루만지고 다독여 주소서

허물도 진리인 양
제 한 몸 가누기도 힘든 일상을
목숨처럼 떠안은 하루살이의 삶,
본분조차 불확실한 미생물에
휘둘리지 않도록 지켜 주시고

성찰이 아직 끝나지 않은 시간,
진실이 곧 생명의 근본임을 깨달아
망가진 영육들의 옷깃에 묻은 교만을
부끄러 털어내는 겸손 베푸소서.

가진 건 어차피
무너져버린 삶의 자투리 뿐,
바람개비보다 가벼운 심장을 조이며
참회의 참뜻을 헤아리게 하소서

그리곤
아는 길도 물어 살펴가도록
촛불 하나만 남기시고
이웃을 돌아보는 여유 허락 하소서

삶과 전쟁

삶이란 전쟁이다
총칼을 들지 않았어도
이긴 자만 살아남는 싸움이다,

승리와 패배는 간발의 차이
색깔, 맛깔은 다르지만
결과보단 과정이 소중한 법

인간의 한생이 80, 100이라는데
얼마를 사느냐가 아니라
어떻게 살았느냐를 따지는 싸움이다

올바르지 못한 승리는
이기고도 진 싸움이지만
떳떳한 패배는
승리보다 값진 것

그러므로 삶은

살았기에 이긴 게 아니라

이겼기에 살아남는 전쟁이다.

새소리

소나무 꼭대기에 위태롭게 앉아
혼자만 의로운 척
목을 비뚤고 있는 솔새 한 마리

웃는 건지 우는 건지
꽃잎에 던졌던 질문을 되풀이하지만
제 소임만 소중하다는 듯
피 터지지게 우겨대는 저 소린
누굴 위한 외침일까

주위를 경계하라는 경고인지
시끌한 세상을 향한 항변인지
늘 같은 음정 박자로
부지런히 휴일을 긁어대는
의중을 알 수 없는 몸부림.

즐거움도 괴로움도

그림자처럼 사라져버린 일상인데
온종일 까닭없이 산을 들쑤시면
무얼 이제 어쩌자는 것인가

막힌 귀를 후비며
실속있는 답변을 기다리지만
돌아오는 건 해체된 그리움 뿐,
아무리 목청 돋구어 떠들어대어도
모든 계약이 풀려버린 하루를
나는 이제 울어야 할까 웃어야 할까

항아리(1)

임무를 마친 빈 항아리 하나
올 겨울 큰 짐 덜었다고
기염을 토하는 아내 옆 자리
배부른 아낙처럼 앉아 있다

지난 날 영화를 떠올리는 것일까
시간과 맞물린 햇살이 창틈으로 기웃거리는
주인조차 얼씬 않는 차가운 제다실製茶室
선수 교체를 기다리는 경기장처럼
동동 발 구르며 나앉은 빈 항아리

그림자를 숨긴 바람이
두어 번 문을 두드리다 사라진 뒤
보라는 듯 가부좌를 튼 하늘이
적당히 숙성된 천일염 한 바가지 간 맞춰
볼 일 모두 마쳤다는 듯 얌전히 앉아 있다

음식 배달은 끝났는지
털털거리는 오토바이 소음 따라
모처럼 얻어낸 휴식도 반납한 채
가족들의 입맛을 돋우는 풍족한 잔치.

체널을 건들기 않아도
믿음은 열리고
입맛 따라 오늘을 털어버린 습성들이
눈 감은 채 다시 내일을 채우고 있다.

항아리(2)

비어 있는 자린 채워져야 한다
주객이 바뀌더라도
절차에 따라 적절하게 채워져야 한다.

외롭고 그리울 때마다
아쉬움을 남기는 공간
채워지지 않고 비어있다는 건
죽어 있다는 뜻이다.

네거리의 자선냄비 속
주인은 아직 분명치 않지만
잠시라도 지체하면
눈물도 내 차지가 아닌 것을.

비어 있을 땐
아무것도 이룰 수 없는 세심을
그림자도 얼씬 않는 하늘가를
맴도는 구름이다 .

젊음의 뜰

- 새해 인사 답신

젊음은
인생의 꽃이라지만
꽃중의 꽃은 역시 굳건한 삶이리.

여름 한 때
소나기처럼 스치는 젊음을
무심코 흘려버리면
남는 건 이미 지친 후회 뿐

산 그림자
키를 늘이기 전
확실한 목표는 찍어둬야 할 꺼야

대지가 마른 뒤엔
태풍도 소용없는 것
싱싱한 삶은
바보같은 건강 바로 그것이더라

손 흔들며 떠나면

가을 햇살 시들한
솔밭 사잇길
가던 길 잠시 멈추고
손 한 번 흔들어주면
그 풍경 얼마나 아름다울까

떠나는 길 거칠고 불편해도
쭈그러진 입술가에
얇은 미소 한 줄기 더 보태니
그 모습 너무 여유롭구나!

고개를 넘을 땐
숨 가쁘게 서둘지 않고
아쉬운 듯 머리 한 번 꾸뻑
손가락 하트 한 꼬집이면
그 사랑 진정한 행복일레.

떠나는 이나 보내는 이
때 묻지 않은 정
한 다발씩 맞바꾸어
하늘 한 번 우러를 때
오가는 사랑 더더욱 푸짐한 걸.

서운해도 등 돌리지 않고
꿈이라도 안 그런 척
눈 한 번 찡긋
낮은 어깨 다독여 주니
그게 바로 사랑이던 걸.

갈등葛藤 목을 비틀다

산비탈 아카시아 숲그늘에 움막을 마련
잠시 밤바람 피하는 사이
날짐승 들짐승 허물없어 반갑다.

눈 벌면 천길 유곡
문 닫으면 만 길 꿈속이라
거추장스런 격식 따지지 않아 좋다

여의도, 광화문 거리는
연일 피 튀기는 싸움판
천박스런 권력 앞에
맥 못 추스르는 센님네
너, 나 없이 금메달감인데

성치 않은 나무 옆구리에 혀끝을 박고
고혈 빠는 갈등葛藤처럼
잇속 챙기기 바쁜 엽전들

나라밖 전쟁은 이미 빛바랜 전설이라.

칡아 등아 소매 걷고 나서거라
유언은 논공행상論功行賞
공짜구경 즐기지 전에
서로 목이라도 비틀어라

성묘길에

영하의 날씨
오랜만에 부모님 산소를 찾았다.
밀고 당기던 생시의 기싸움
이제 좀 익숙해지셨는지
마른 풀잎들 낮은 바람에도
일제히 한 쪽으로 몸을 비튼다.
몇 번인가 해와 달이 다시 바뀐 뒤
막걸리 한 사발 무덤가에
핼쓱해진 제 모습 떠올리는 새끼들
먼 하늘에 시선을 박고
애비 눈치만 살피고 섰다.

꽁초

무료 급식소 앞
세월을 담보한 노인이
버려진 꽁초 담밸 줍고 있다

젊은 시절, 파랑새 한 개피에
한나절 품을 팔던 노령老齡
모두 눈칠 살피며 차례를 다투는데
주린 배는 채웠을까

작달막한 키
짧은 허리 구부렸다 펴는 품새는
그을린 얼굴 마스크에 묻은 채
버려진 꽁초처럼
민심을 외면하던 선거판 선량이다

꺾인 마이크 거꾸로 쥐고
밀었다 당겼다 천하를 호령턴 위세

셀카 한 컷, '찰깍!' 운명 걸던, 기세는
지금쯤 어느 강줄길 거스르고 있을까

꽁초를 물면
천하가 온통 내 차지
막걸리 사발에 무너지던 인내도
기다리는 행렬처럼 끝이 없는데.

추억 여행(1)

- 질마재 미당

선운사 동백은
제철 맞아 붉게 타는데
오늘은 가벼운 차림으로 손을 맞는다

목월이 주례 맡은 엄 시인 결혼식에
축사하시던 미당 선생
아쉬운 듯 하객의 눈길을 피해
옷깃을 여미며 얼굴을 붉히고 있었다

번번이 엄 시인을 찾아
주거니 받거니 바가지로 덮어쓰고
늦은 밤 스승댁을 쳐들어간 제자들
눈 덮인 언덕바지 헤매던 두 제자는
대문을 걷어차며 술기운 충천하였다

공덕동 시절
윤종석* 시인의 말실수로

스승의 성격을 익혔던 난
친구 덕분에 자신의 처신도 힘들었는데.
사모님께서 차 준비차 잠시 안에 드신 사이,
분에 담긴 난잎만 만지시던 선생님

'엄군 최군하고 마시지 말게
자네가 저 덩칠 이겨 내겠나?
최군 자넨 대학 노트에 시 두어 권 써 와!'
작별 후 귀에 꽂힌 무거운 한 마디,

그로부터 두어 해쯤 지났을까.
최연종 시인 초청으로 항구를 찾은 스승은
비 내리는 차창에 기대어 꼼짝도 않으셨다
통로에 넙죽 엎디어 문안 여쭙는 제자를
두 팔로 감싸 세우며 건넨 한 마디
'자네 지금도 그리 마시나?'

질마재는 오늘도 숨 가쁜데

스승은 거나한 객을 맞아

추억을 벗하고 계시리라

---

*윤종석 : 봄비가 추적추적 내리던 1959년 5월 어느 날, 윤종석 시인이 강의실까지 찾아와 미당 선생을 뵙게 해달라고 졸라대는 친구의 청을 거절치 못해 마포행 전차를 탔다. 마침 선생님께선 그날 휴강이셔서 나도 처음으로 공덕동 산마루 선생님 자택까지 안내하는 영광을 얻었었다. 대시인 앞에서 20대 초반의 젊은이들이 무슨 할 말이 있겠는가.(수인사가 끝나자.)

윤종석 왈 ; 선생님 요즘 어딜 나가십니까?(당시 문인들이 명동 돌채, 갈채로 출입이 잦던 시절이었고, 선생은 주벽으로 인해 사모님의 금족령이 내려진 상태)

미당 선생 ; 응? 아무데도 안 나가지!

윤종석 왈 ; 선생님 대원군 쇄국정책(?) 쓰시는구먼요.

미당 선생 ; 뭐? 쇄국정책? 네 이놈 … (이하는 독자의 상상에 맡김)

추억 여행(2)

\- 명사십리 윤종석

물 반, 고기 반
잠시만 머뭇거려도
갯내음 물씬 젖는 물새들 보금자리.

문학을 동경하던 섬 소년은
진학을 빌미로 설득하는
아버지의 지엄한 뜻을 좇아
어머니의 만류를 뒤로 한다

기차에 실려오는 원목 처리가
윤씨의 직업,
폐허가 된 국토재건에 필수적 직종이라
하루가 바쁘게 번창.

허나 누가 짐작인들 했으랴
아버지의 어정쩡한 가계家系 운영은
전망 좋은 직종도 단란하던 가정도

참새들 입방아에 오르내려
거침없이 내닫던 사업이 갑자기 주춤
소년은 이를 악물고 혼자 일어서야 했다

그 사이, 섬과 뭍을 넘나들며 성장
학업과 아버질 돕는 틈틈이
창작에 몰두하던 소년에겐
어렵사리 거머쥔 문단도 지키기 힘들었다

포장마차, 잡지 편집, 고된 막노동도
선배의 호된 꾸중도 삶의 방패는 되지 못했다
귀향을 앞두고 당한 사고와 지병은
어차피 힘겨운 인생 기행이라
훗날 표적으로 흔적을 남겨둔다

추억여행(3)

\- 입춘

들판은
끝나버린 전장戰場인데
허수아비 전리품은 아직이다.

오랜만에 벗을 불러
닭 똥집 그슬러
토주 한 잔 곁들이면
피양 감사가 부러울까

한나절 지친 해가
덜커덩 대문 흔드는 소리
할비 무릎앞에 쪼그린 손주놈들
간짜장 한 사발이면 엄지 척이더라

소한, 대한 건너뛰면
바람 잘날 없는 입춘대길
가지들 멱살 잡고 다투는 사이

엉거주춤 김장독 불로 씻어

메주 몇 덩이 소금물에 띄우니

이상기온도 구석 찾더라

추억여행(4)

- 퇴근 무렵

퇴근 시간 서둘러
선술집 미닫이를 스르르 밀면
친구들 말문이 저절로 터졌다

몇 번이고 되풀이 되는 이야기들
항상 새롭게 다가오는 기쁨인데
함성과 손뼉이 몇 번인가 터지면
혀 꼬부라진 사투리 잔에 넘쳤다

변명 앞세운 해후는 아니지만
남은 시간은 모두 내 차지라
주모의 손끝에 떠는 볼펜 심지
이름 석자 매우 위대했다.

통금이 얼어버린 도로는
막차 뒤로 흔들리고
약속은 남기지 않아도
내일이 조용히 다가서고 있었다

<작품 해설>

굴광성 식물의 줄기찬 향양성向陽性

황송문

시인 · 전 선문대 인문대학장

최재환 선생은 전통적 서정을 바탕으로 일상적 삶을 조신으로 표현하는 시인이다. 이번 시집의 표제로 얹는 시(이승에서 못다 부른 노래)는 생사의 가름이 치열하다. 이 시는 1에서 4까지의 연작인데, 1의 경우, "멀리서 개 짖는 소리만 밤 공기를 찢으며 들려왔다. / 어둡고 긴 터널을 빠져나온 열차가 미친 듯 종착지를 향해 내닫는 차창 밖은 앞뒤를 분간키 어려운 짙은 안개에 덮여 있다."로 시작한다.

앞의 '개 짖는 소리'는 이승의 원시적 향토정서라면, 뒤의 '터널을 빠져나온 열차'는 비록 '어둠과 안개' 속이긴 해도 이상(李箱)의 「오감도(烏瞰圖)」처럼 절망적인 상황은 아니다. 「오감도」는 막힌 터널이지만 「이승에서 못다 부른 노래」는 열린 타널이므로 절망적인 상황은 아니다.

> "하늘 끝으로 사라지는 비행길 좇아 / 온종일 구름 속을 비집던 철부지 시절 / 휴전을 목전에 두고 산화한…이승의 끝자락은 어디까질까"

친구의 형이 전사하자 그 영혼을 위로하기 위한 미사에서 봉헌의 기원, 생사의 비장함에 젖기도 한다.

속담에
중이 제 머리
못 깎는다지만,

화타(化他), 편작(編作)이면
소중한 목숨
하늘의 뜻을 빌어
두어 뼘쯤
더 늘일 수 있을까.

잇몸이 닳도록
평생을 지킨 생명인데
잘 살고 갑니다'

서쪽 하늘에
학 한 마리
긴 장마 끝
뭉게구름보다 한가롭다.

-「이승에서 못다 부른 노래(4)」

학(鶴)은 고고(孤高)함을 상징한다. 시의 간결성은 아동문학가로 다져진 응축의 묘미 덕으로 보인다.

잠든 숲을 깨우지 마세요
중천을 가로지르는 해도
밤새 갈기를 세우던 바람에 밀려
가지에 걸린 채 헐떡이는데
마음 약한 눈물은 보이지 말아요.
풀잎은 바람 피해 언덕 아래 머릴 숙이고
난로도 가슴 헤치고 쿨럭이네요.
하루를 마감하는 종점 벤치에

산 그림자 젖은 옷자락 여미며
따끈한 막국수로 지친 몸 달래고 있어요.

입춘이 문 위에 펄럭거려도
추위는 본색을 드러내겠지만
여의도 횡보하는 게딱지 지붕 밑
철새들의 쉰 목소리 바람 잘 날 없는데

철 늦은 숲의 반란
착한 뿌리들의 행진이 계속되는 동안
각을 세운 계절이 찌든 고통을 접을 때까지
잠든 숲을 흔들지 말아요.

—「숲의 반란」 중 일부

숲은 신(神)의 첫 성당이라는 말이 있다. 그만큼 숲은 순수의 상징이다. 이 세상이 얼마나 타락했으면 비록 일부이기는 해도 소위 신부(神父)가 대통령이 비행기에서 떨어져 죽으라고 기도하겠다니 그게 성직자인가. 종교가 이 모양이니 정치인들 온전할 수 있겠는가.

시인이 욕설할 수는 없겠고, '숲의 반란'을 빙자해서 에둘러 비판하는 태도는 바람직하다. 신석정 시인은 시인이 작품으로 참여하는 것도 진정한 참여라고 평설로 주장하였다. 촛불이나 횃불을 들고 주먹을 휘두르며 구호를 외치는 것만이 참여가 아니다.

이 시는 잠든 숲을 깨우지 말라고 했다. 누가 고요한 숲은 괴롭히는가. 똑바로 가지 않고 게처럼 옆으로 황보(橫步)하는 절지동물 갑각류(甲殼類) 등딱지 같은 원형 지붕 아래 게거품을 물면서 거짓말을 탈곡하는 인간 말종들을 향하여 조용히 나무라고 있다.

임무를 마친 빈 항아리 하나
올 겨울 큰 짐 덜었다고
기염을 토하는 아내 옆 자리

배부른 아낙처럼 앉아 있다. —「항아리1」중 첫 연

사물 인식이 뛰어나다. 최재환 시인이 동양적 안목으로 바라본 항아리는 겉이 풍신해도 속이 비어 있는 항아리다. 최 시인이 제재를 이렇게 설정한 데는 까닭이 있을 것이다. 항아리는 대가족이 함께 살 때부터 가정과 친밀한 생활문화재였다. 그 사물이 도시 문명의 팽배로 시골 일부가 도시의 끝이 되면서부터 사라져갔다.

장독과 항아리가 놓이던 장독대도, 옹달샘도, 봉선화 화단도 사라졌다. 아파트가 들어서고 김치냉장고가 들어오면서 항아리는 쫓기는 새처럼 천더기가 되었다. 처치 곤란이었다. 보통사람들이야 경비원이 일러준 대로 항아리를 망치로 부수어서 중량봉투에 넣어 버리면 그만이지만, 시인은 그게 쉬운 일이 아니다. 오랜 옛날부터 할머니와 어머니가 물걸레질을 해가며 애지중지해론 정성이 집약되어 있기 때문이다.

해와 달이 가끔 들러가고
바람이 먼지를 날리는 일 외엔
한겨울 눈발도 외면하던 집이다. —「빈집」 중 일부

위의 시 「빈집」은 「항아리1」와 동류다. '빈집'이나 '항아리'는 둘 다 팽배한 현대문명에 의해서 소외된 생할 문화재라는 점에서 그렇다. 기계가 사는 세상이라면 편리함이나 편안함에 만족할지 몰라도, 사람들의 세상, 시인들의 세상에서는 이를 간과할 수 없다.

늙는다는 건
덕지덕지 쌓인 세월의 앙금을
조심스럽게 털어내는 일이다

욕심을 앞세워 앞만 보고 내닫던

지난날의 오만을
모른 척 묻어두긴 쉽지 않을 터,
가는 길이 저마다 다른데
행복의 색깔이 모두 같을까.

누군들 늙고 싶어 늙으랴
저녁놀이 여명보다 아름답다지만
잎 진 가지엔 후회만 펄럭이고
덧난 상처야
훗날 그림자 뒤에 말없이 묻힐 게고

남은 길도 바쁜데
감출수록 드러나는 허물을 어찌 감당하랴
늙는다는 건
결국 가리워진 삶의 흔적들을
한 겹 한 겹 벗겨내는 일이다.

-「황혼 무렵」 중 일부

이 시(황혼 무렵)는 역설의 미학을 살려내고 있다. 워즈워스의 시 「무지개」에는 "어린이는 어른의 아버지"라는 구절이 있다. 김소운 수필가의 글(특급품)에는 비둑판 가운데 흠도 티도 없는 1급품 위에 흠이 있어서 더욱 비싼 '특급품'도 있다고 역설의 미학을 제시했다. 김소운의 수필 「특급품」 한 대목을 소개하고자 한다.

과실(過失)은 예찬할 것이 아니요 장려할 노릇도 못 된다. 그러나 그와 동시에 과실이 인생의 올 마이너스일 까닭도 없다. 과실로 해서 더 커가고 깊어가는 인격이 있다. 과실로 해서 더 정화(淨化)되고 굳세어지는 사랑이 있다. 누구나 할 수 있는 일은 아니다. 어느 과실에도 적용된다는 것은 아니다. 제 과실의 상처를 제 힘으로 다스릴 수 있는 '가야' 반(盤)의 탄력 - 그 탄력만이 과실을 효용한다. 인생이 바둑판만도 못하다고 해서야 될 말인가?

최재환 시인은 어두워지고 저물어가는 하향곡선을 부조리하고 문란한 세상을 정화(淨化)하는 긍정적 방향으로 상향곡선을 그려가고 있다.

어지럽던 새벽 꿈자리
베개를 고쳐 베면
거긴 무릉일까, 낙원일까

마지막은 누구나 혼자임을
먼발치 엿들었지만
홀로 남아 외로운 게 아니라
바뀔 꿈자리가 애잔했던 것

함께 배를 타도
하선의 차례는 이승의 순리,
착한 이웃들 젖니 빠지듯
다투어 자릴 비우니
잇몸의 쓸쓸함도 전생의 인연일 뿐

문밖을 나서면
너, 나 없이 나그넨데
염라왕의 사정권이 여기까질까
보내는 마음이나 기다림의 조바심이
입맛 없다 핑곌 앞세워
모든 약속은 무너지고
신발끈 조이는 눈시울에
세월이 다시 머무는 것을. —「이승의 갈림길」

미세먼지 극성이던 동지 무렵,
어둠 짙은 외양간
어미소 여물 씹는 소리 사이
어머니 옛모습 문득 떠오른다.

남향받이 오막살이
햇볕 잘 드는 문지방 위
실한 가시나무 가지 걸어
식솔들 안녕 빌어주시던 어머니

일곱 탯줄 풀어
민들레 꽃씨 몰래 몇 꼭지 날려 보내고
남은 살붙이 가슴앓이로 삭히시던 어머니
찔레넝쿨 까맣게 찌든 까치밥 따다
질근 씹어 임에 물려 주시던 울 어매.

바람에 거스러진 잔디 아래
엷은 옷소매자락 차갑지는 않으신지
길쌈하던 어미 나일 훌쩍 넘겨버린
아들의 거친 손등이
얼마나 가슴 저렸을까

닳아버린 짚신 총날
새끼줄 얽어 발을 감싸시던 삶
오늘은 조금 펴지셨을까
낡은 무쇠솥
보리밥 눋는 냄새조차 그리워진다

—「사모곡(思母曲)」

앞의 시(이승의 갈림길)는 친구의 부음을 듣고 쓴 시라면 뒤의 시(사모곡)는 어머니를 회상하며 쓴 시다. 이 시는 은폐되어있지 않아서 해설의 필요를 느끼지 않으므로 감상은 독자의 몫이다.

사람은 홀로, 독자적으로 살 수 없다. 그게 관계양상이다. 이 관계양상을 사회성, 또는 사회 참여라고 한다. 여기에 관심이 많아지면 평등을 주장한다. 또한 순수나 예술성을 높이 사고 자유를 추구하는 면도 있다. 이 자유와 평등은 행복의 필요요건이다. 이 두 요소 중 자유가 평등에 선행하는 까닭은 자유가 삶의 본질이요 평등은 삶의 수단이기 때문이다.

정의가 살아 숨 쉬는 곳에
건강한 자유가 펄럭이더이다

가시나무에 걸린 달이
밤새 시달리다
동틀 무렵 제 자리로 돌아가고
뿌리채 뽑힌 진실이 짓밟혀도
세상은 제 생각만 옳다고 우기더이다.

서로가 그늘을 드리움은
하늘의 축복,
진심을 털어놔도 자꾸 꼬이는 세상사
바로 보고 듣고 털어 놓는
지혜 깨우쳐주심 감사드립니다.
해는 중천에 있는데 아직도 어둡기만 합니다
별들이 하늘 높이 뜨는 밤이면
이웃들의 굽은 허리 두드려 주시고
때로는 남의 허물도
내 탓으로 돌리는 겸손 베푸소서

누렇게 시든 풀잎들

제 색깔로 흔들리다 안식에 들도록
아침마다 이슬 몇 방울 허락 하시어
가을이면 이름 모를 잡초들도
까아만 씨앗 터트리게 하소서 —「풀잎의 기도」

언젠가 천주교회에서 "내 탓이오"라는 캐치프레이즈를 내걸고 차마다 이 문구를 스스로 부착한 적이 있었다. 0.25% 내지 0.35% 밖에 안 되는 염분이 바다를 건강하게 하듯이, 이름 없이 희생적으로 봉사하는 민초에 의해서 사회가 밝아지곤 한다.

이 시의 결구(結句)는 "누렇게 시든 풀잎들, 제 색깔로 흔들리다 안식에 들도록. 아침마다 이슬 몇 방울 허락하시어, 가을이면 이름 모를 잡초들도, 까만 씨앗 터트리게 하소서." 이처럼 가난하고 남루한 이웃에 관심을 기울여 기도하는 자세가 바로 시의 본령을 찾아가는 길이라 하겠다.

누굴 기다릴까
빛 바랜 옥양목 적삼
곱게 다듬어 입은 저 처자,

살랑 바람에
버선발로 뛰어 나와
빗장 풀어 가슴 졸이던
해맑은 속눈썹

얌전히 빗어 넘긴 머릿결이
바람에 흩날리니
은하도 잠 못 드는가
실날같은 그믐달
발목 딛고 새벽을 건넌다. —「박꽃」

위의 시 「박꽃」은 관조(觀照)의 시다. 관조는 김소월 시인의 지론대로 '저만치' 거리를 두고 바라보는 느낌에서 오는 '어쩐지'의 영상이다. 그 많은 사물들 기운데 '박꽃'을 선택하고 구체적으로 형상화했다는 것은 이 시인과 박꽃 사이의 상사성(相似性)을 의미한다. 박꽃을 닮은 여인의 "옥양목 적삼"은 이미 최재환 시인의 심성에도 내재한 요소다.

제재가 선명하면 해설이 필요치 않다. 그의 시 가운데 「고인의 진실」이 그렇다. 우선 시작품부터 살펴보고자 한다.

생사를 넘나드는 큰 수술 뒤
습관처럼 매달리던 항암 시편들을
월간지에 발표했었다.

얼마 뒤
마지막일지도 모르니
원고료 입금하겠다는
계좌번호를 묻는 고마운 전화가 왔다

'이렇게 말짱한데 마지막이라니?'
어쩐지 씁쓸하고 아리송한 두려움 뿐
미리 받는 조위금이라?!
그렇더라도.-,

결국 해가 바뀌어 정답이 나왔다
손전화에 찍힌 문자
'폐암 전이로 어머님 별세-'
발행인도 폐암 투병중이었던가

그랬었구나
- 명복을 빕니다.

—「고인의 진실」

앞의 시(고인의 진실)는 『시문학』지 발행인 김규화 시인과의 대화 내용이다. 처음 1연은 최재환 시인이 생사를 넘나드는 수술 후 항암 시편을 『시문학』지에 발표했다는 내용이고, 2연은 김규화 시인 자신이 마지막일지도 모르니 타계하기 전에 원고료를 입금하겠으니 은행 계좌번호를 알려달라는 내용이며, 3연은 최재환 시인이 자기의 생사문제로 잘못 알고 '조위금'으로 착각한 내용이다. 마지막 3-4 연은 손전화에 찍힌 문자메시지를 보고 비로소 자초지종을 알게 되어 명복을 빈다는 내용이다.

마포나루 향한 젓갈 실은 거룻배
삿대 비껴 쥐고 잠시 숨 고르던 모래섬
진실은 묻힐수록 빛을 발한다는데
빵떡 모자 깊이 눌러쓴 거대한 궁전
정의로 위장한 거미들 어진 백성 길들이고 있다.

유속 빠른 깊은 바닷속
빈틈없이 그물을 깔아 바닥을 훑으면
바다의 울음소린 듣는지 마는지
만선의 깃발만 바다 위에 펄럭이고
로켓에 실어 쏘아 올린 쇳덩이
우주의 질서를 파 헤치고
멀고 먼 별들 틈에 끼어
지구의 구석구석 삶의 비밀까지 샅샅이 뒤져
자국의 잇속들 챙기는데.

'용케 피했구나!' 싶어 해먹을 즐기는 사이
이번엔 초침秒針에 걸렸구나
추가 백신이면 틈이라도 생길까.
어딜 둘러봐도 빠져나갈 구멍은 이미 없다 —「거미줄 타기」 중 일부

위기의식을 나타낸 문명비판이다. 여기에서 눈길을 끄는 어휘는 “빵떡 모자 깊이 눌러쓴 거대한 궁전”이다. 국민을 주인으로 모셔야 하는 족속이 왕족처럼 군림하는 게 문제다. 지구의 종말, 말세 현상을 심각하게 걱정하고 있다.

별들도 길을 헤매는 이른 새벽,
눈 비비며 창을 열면
밤새 숲과 실랑이 벌이던 바람이
잽싸게 골목을 빠져 나간다

삶의 실체만큼이나 얽히고설킨 길.
길은 목적을 향한 수단이지만
가야 할 길은 누구에게나 하나뿐,
진실을 외면하지 않으면
엇갈린 길도 종점에서 다시 만나는 것

–「바람의 길 2」

‘바람’은 불안전하고 불완전한 풍사(風詞)다. 그러므로 결론을 얻을 수 없다. 다만 삶의 방향을 제시할 뿐이다. 마치 풍향계나 나침반 역할을 할 따름이다. 그래서 이 시에서는 “엇갈린 길도 종점에서 다시 만나는 것”이라고 가능성을 제시하고 있다.

이는 마치 향일(向日)하는 난초 이파리 가운데 한두 잎 쳐지는 경우도 그 끝부분은 굴광성 식물의 향양성(向陽性)으로 줄기차게 솟는다는 사실이다.

이승에서 못다 부른 노래

인쇄 2024년 06월 15일
발행 2024년 06월 20일

지은이 최재환
펴낸이 황혜정
펴낸곳 문학사계
인쇄처 지원프린팅

우편번호 03115
주소 서울시 종로구 종로66번길 20 / 계명빌딩 502호
전화 010_2561_5773
이메일 songmoon12@hanmail.net

등록 제2005년 9월 20일 제318-2007-000001호

ISSN 978-89-93768-74-9-03810
배포처 북센(전화 : 031-955-6706)

※ 잘못된 책은 구입처에서 교환해 드립니다.

주요 판매처 : 교보문고, 알라딘, 예스24 등 유명서점에서 판매 중!

전남문화재단 전남문화재단 문화예술창작지원사업으로 발간되었습니다.